故宮御貓夜遊記 13

螭的離奇故事

常怡／著　小天下 南畔文化／繪

中 華 教 育

責任編輯：謝燿壕
裝幀設計：鄧佩儀
排　　版：鄧佩儀
印　　務：劉漢舉

蟎的離奇故事

常怡／著　　小天下 南畔文化／繪

出版 | 中華教育
香港北角英皇道 499 號北角工業大廈 1 樓 B 室
電話：(852) 2137 2338　傳真：(852) 2713 8202
電子郵件：info@chunghwabook.com.hk
網址：http://www.chunghwabook.com.hk

發行 | 香港聯合書刊物流有限公司
香港新界荃灣德士古道 220-248 號 荃灣工業中心 16 樓
電話：（852）2150 2100　傳真：（852）2407 3062
電子郵件：info@suplogistics.com.hk

印刷 | 高科技印刷集團有限公司
香港葵涌和宜合道 109 號長榮工業大廈 6 樓

版次 | 2022 年 5 月第 1 版第 1 次印刷

規格 | 16 開（185mm x 230mm）

ISBN | 978-988-8807-04-8

大家好！我是御貓胖桔子，故宮的主人。
我從小就能吃，一頓能吃兩大碗貓糧，魚肉罐頭一口氣能吃三盒。要是碰上魚頭、雞肝、肉骨頭，吃多少我都不覺得飽。媽媽總說，全故宮就數我的肚皮最大。
媽媽錯了，故宮裏有比我肚皮大得多的怪獸呢！

我睡過午覺不久，天空中就開始打雷了。我看了看天上又濃又厚的烏雲，連忙朝着太和殿的方向跑去。

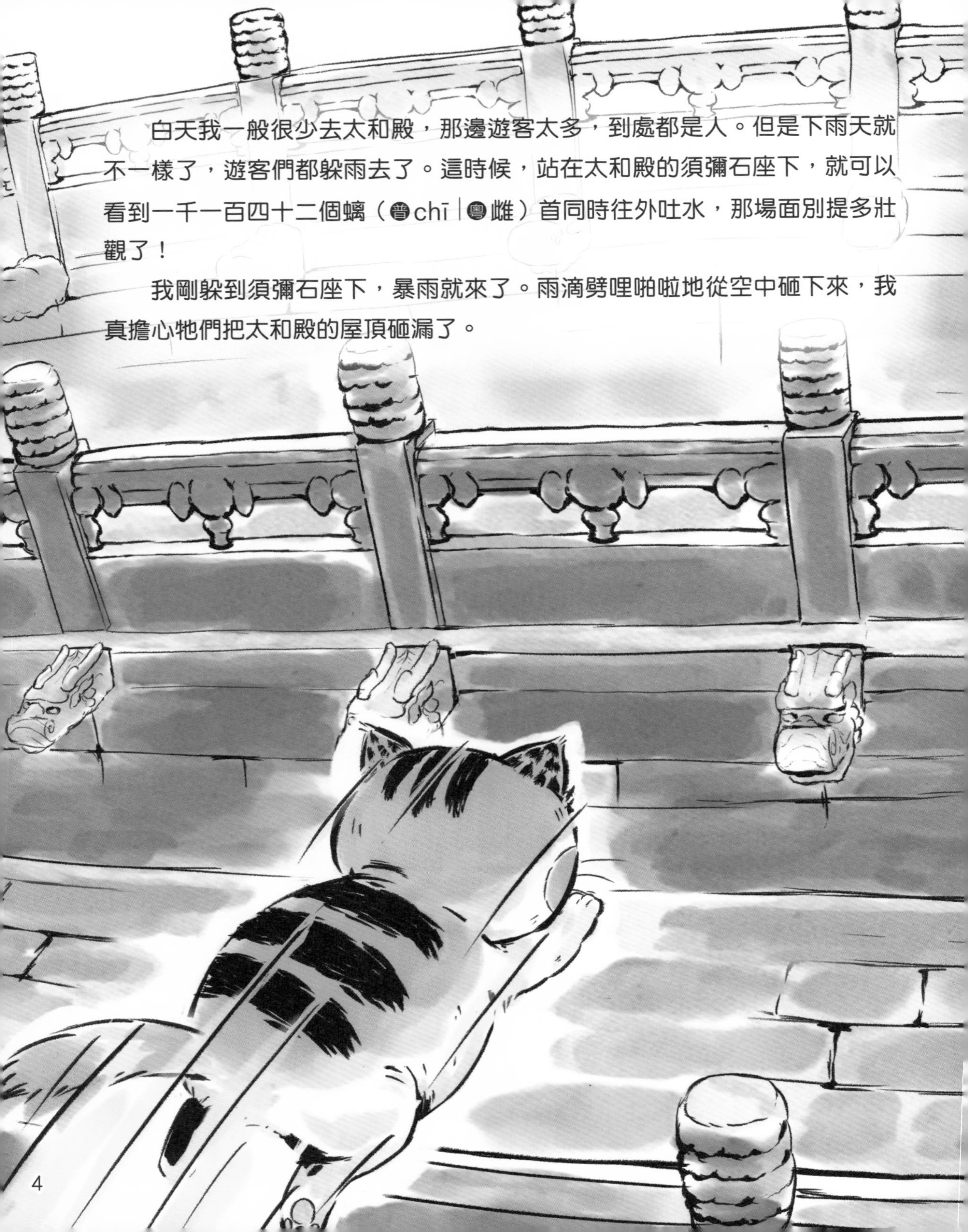

白天我一般很少去太和殿，那邊遊客太多，到處都是人。但是下雨天就不一樣了，遊客們都躲雨去了。這時候，站在太和殿的須彌石座下，就可以看到一千一百四十二個螭（㊥chī｜㊠雌）首同時往外吐水，那場面別提多壯觀了！

我剛躲到須彌石座下，暴雨就來了。雨滴劈哩啪啦地從空中砸下來，我真擔心牠們把太和殿的屋頂砸漏了。

　　不一會兒，地面上就積起了大大小小的水坑。我看着自己在水坑中的影子，哎喲，最近怎麼又胖了一圈呢？

　　忽然，一陣怪風颳過來，嗖嗖地吹了我一身的雨水。

也就在這時，螭首開始吐水了。螭的頭有些像龍，翹起來的鼻頭又大又圓，頭頂的耳朵和貓的有點兒像。

白色的水柱從螭首們整齊的牙齒中間的小孔中噴出來，像是一排忘了關的水龍頭。水柱在地上激起白色的水霧，風一吹，像是飄動的白紗巾。

據說，就算北京下大暴雨，故宮也從來沒被水淹過。這都是因為螭的存在。螭這種怪獸擁有一張超級大嘴和一個特別大的肚皮，無論多少水，他都可以一口氣喝進肚子裏。

能喝下這麼多水的螭，在來到故宮以前，一定是很厲害的海怪吧？我心裏想，說不定他的肚子裏能裝下半個大海的水呢。

過了一陣，雨小了，烏雲漸漸散去，天空卻沒有亮起來。秋天要來了，天黑得早了。

螭首們閉上嘴巴，不再吐水了。

「胖桔子，你又來了？」我頭頂上的螭問。

最近這段時間，我特別喜歡來和螭聊天。故宮裏的怪獸們總是繃着個臉，一個個都很傲氣的樣子。只有螭喜歡笑，他一笑，大嘴就會咧到耳朵邊，露出又白又整齊的兩排牙齒。螭是難得和氣的怪獸。

「喵，是呀，是呀。」我從須彌石座下鑽出來，站到他對面。

「今天，你又想聽甚麼故事呀？」螭問。

「我想聽聽你在大海裏的故事，喵。」

「大海？」螭瞪着圓圓的眼睛說，「可是我沒見過大海呀？」

我吃了一驚：「那你以前住在哪裏呢？喵。」

「來到故宮以前，我曾經在黃河裏住了上千年。我喜歡待在河流拐彎的地方，那裏也是最容易堆積沙土和石塊的地方。每當河流被堵住，我就會翻個身。這樣，沙土和石塊就會被我清理開，河道也就通了。所以皇帝把我請進他的宮殿，如果這裏的下水道被堵住，我只要翻個身就成了。」螭回答。

「待在下水道裏沒有在黃河裏自在吧？喵。」

「不是呀。這裏的拐彎比河流裏的拐彎還要多，我覺得很舒服呢。」

我不敢相信地說：「你真是有一個奇怪的愛好。」

螭呵呵一笑說：「是啊，我就喜歡拐彎多的地方。這可能和我來自大山有關吧，山裏的道路都是彎彎曲曲的，很少有直路。」

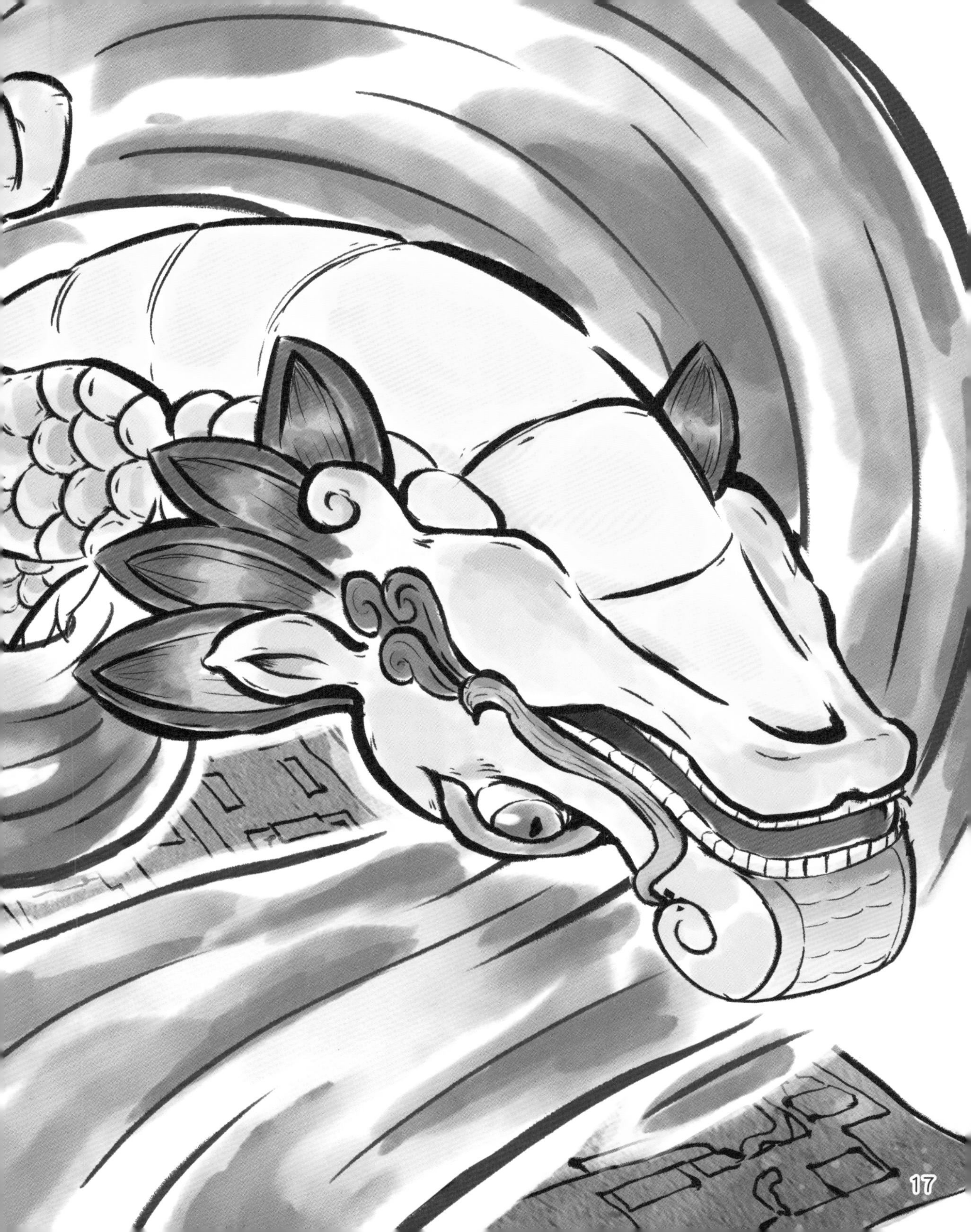

「大山？」我懷疑自己的耳朵是不是聽錯了，「你說，你是從山裏冒出來的？」

「是的，是的。」螭一邊點頭一邊說，「在搬到黃河裏住之前，我是山神。」

天哪！故事真是越來越離奇了。一隻長得像龍，還會吞水的怪獸，居然曾經是山神！

這真是我怎麼也想不到的事。

「你怎麼可能是山神呢？」我一臉不相信地問，「山神難道不該是老爺爺的樣子嗎？」我可是在電視看過《西遊記》的。

「不是啊，山神中也有很多怪獸。」螭說，「像我就是山林裏奇異氣息所生成的怪獸，人們拜我為山神，每年都為我獻上最好的稻米。」

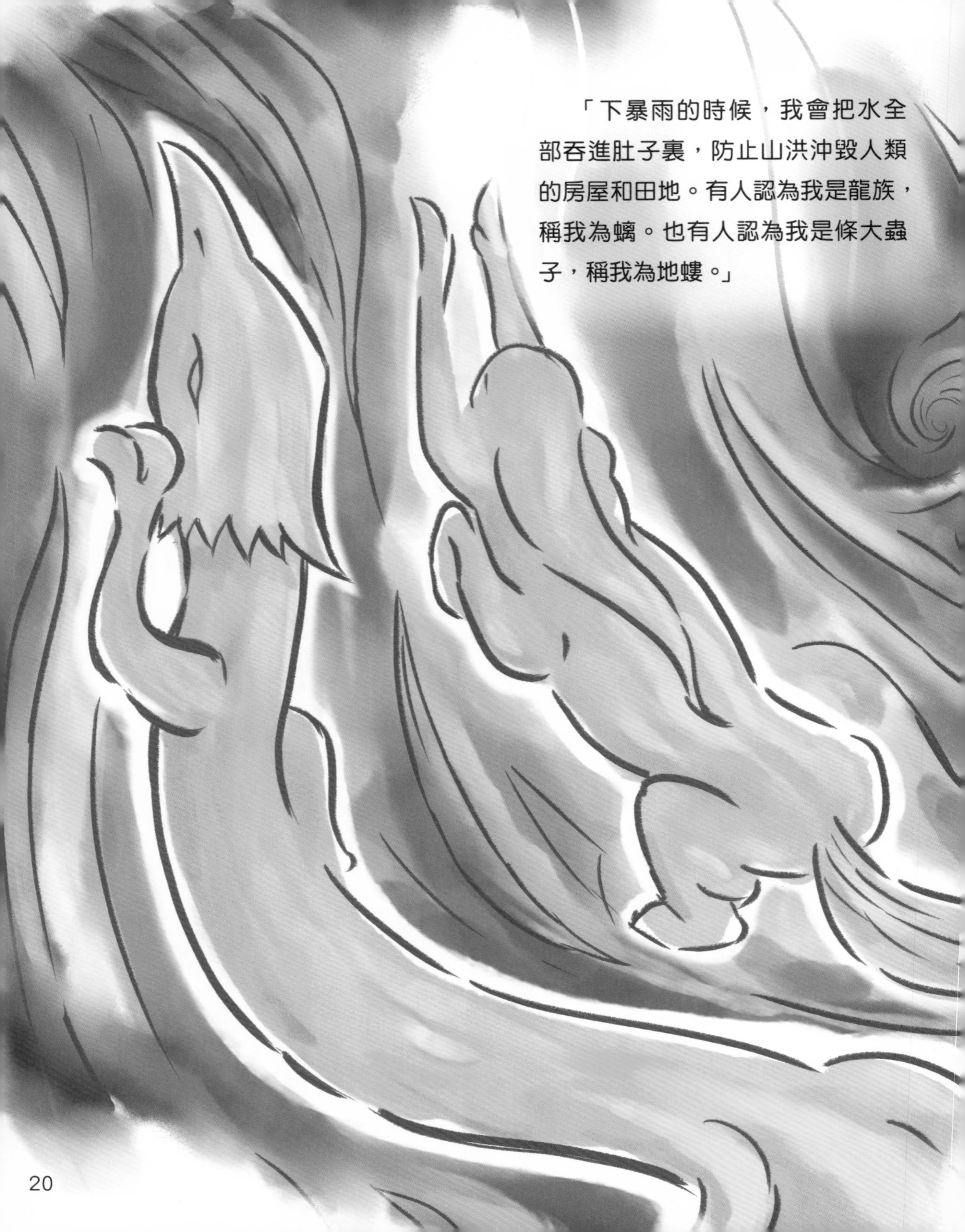

「下暴雨的時候，我會把水全部吞進肚子裏，防止山洪沖毀人類的房屋和田地。有人認為我是龍族，稱我為螭。也有人認為我是條大蟲子，稱我為地螻。」

「那時候，山神長成甚麼樣子的都有。有長着人的臉、馬的身體的；也有長着龍的身體、鳥的頭的……可有意思了。」

　　我聽得入了迷，問：「山神裏有沒有長得像貓的呢？喵。」

　　「還真沒見過。」螭老實地回答。

「在山裏待得好好的，你為甚麼要搬到黃河裏呢？」

螭低下頭說：「後來，在山裏居住的人類越來越多。山坡被開墾成了耕地，山林裏的樹木都被砍掉做成木材，搭建起了房屋。我連藏身的地方都沒有了。沒辦法，我只能搬家了。」

「我躲到了黃河的河底。那裏呀，
水又深又急，誰也不會打擾我。」

「其他山神去哪兒了呢？喵。」

「不知道啊，躲到其他地方或者更深的山裏去了吧。」

「喵，真想見見那些長成怪獸樣子的山神哪。」我向往地望向遠方的西山。

「我也是，好久不見，也不知道他們都過得怎麼樣了。」螭動情地說。

我們都不再說話。

我腦袋裏想像着人頭馬身的怪獸在濃密的森林裏穿梭的樣子，鳥頭龍身的怪獸盤旋在大樹上的樣子……那是個多麼神奇的時代呀！

可也就安靜了幾分鐘，很響的咕嚕聲就從我的肚皮裏冒了出來。

螭撲哧一下笑了，「你餓了吧？」他問。

我揉着肚子點點頭。

「趕緊去吃晚飯吧！」

「再見了！喵。」我扭着屁股朝珍寶館走去。

走了幾步，我突然想起了甚麼，回頭對螭說：「過幾天，我還會來聽故事。」

螭咧開大嘴，又笑了。

真是隻和善的怪獸啊，我心裏想。

胖猫子的
故宫小百科

排水好幫手 螭

故宮中喜歡玩水的神獸有很多，我是其中之一。我長得有點像龍，喜歡玩水，塑像看起來總是笑嘻嘻的。

我住在故宮，是因為我能在雨天為宮殿排水。每當有積水時，雨水會自然而然從我的口中流出。所以，如果你在雨天來故宮，可能會在三大殿欣賞到「千龍吐水」的壯觀景象呢！

螭，若龍而黃，北方謂之地螻，从虫离聲。或云無角曰螭。

——許慎《說文解字》

螭，像龍而且是黃色的，北方人叫牠「地螻」，「虫」是形符「离」是聲符。也有人說沒有角的虯龍叫做「螭」。

 故宮小物大搜查 

（見第1頁）

水法

最受歡迎的噴泉

聽起來像是仙人控水的本領，其實這是源於明末意大利傳教士寫的《泰西水法》，當時西方人將噴泉稱為「水法」。到了清朝，噴泉與皇家園林的一些水景也稱為「水法」。

故宮中，唯一的噴泉在御花園內的堆秀山。噴泉起於乾隆初年，利用山勢引水形成。

 儀仗墩

走過路過別錯過

太和殿前廣場中，由大塊石磚鋪成的是御路。御路兩側的方形石磚，按固定間距嵌在地面，是明清時期典禮儀仗隊站位的標誌，所以稱為儀仗墩。

儀仗墩令隊伍整齊有序，解決了人多難管理的問題。

（見第２頁）

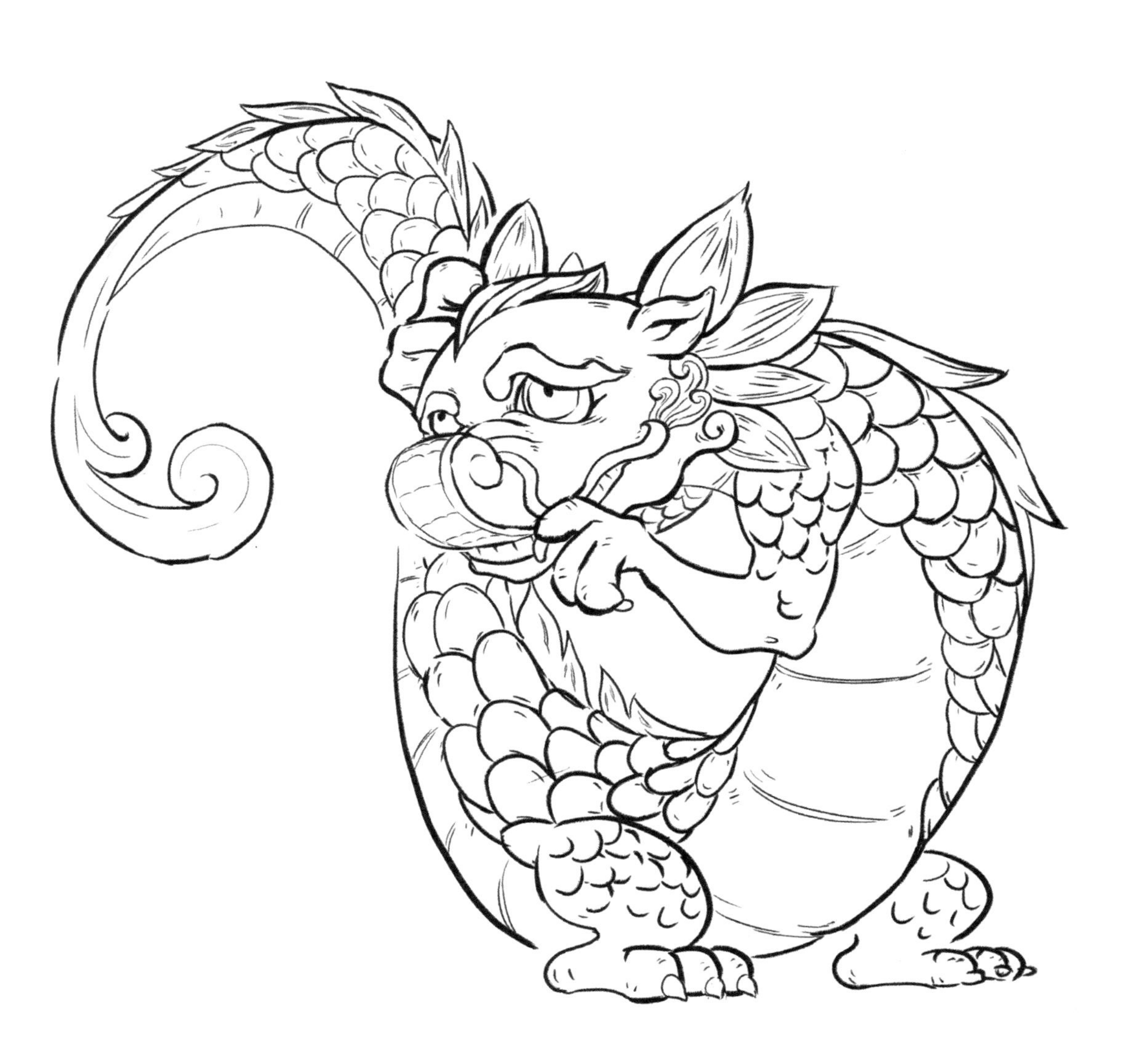

胖桔子和螭的故宮專屬地圖

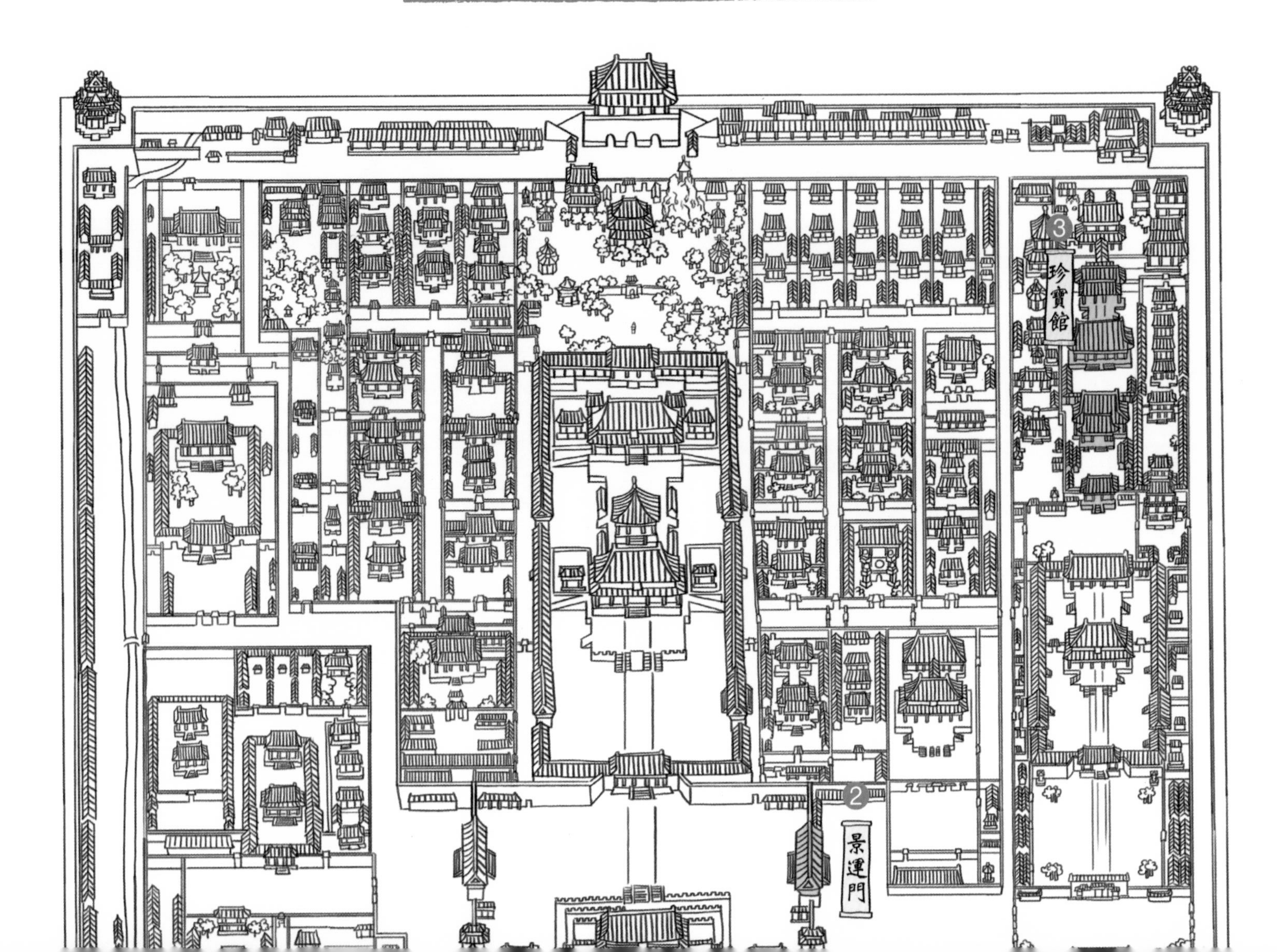

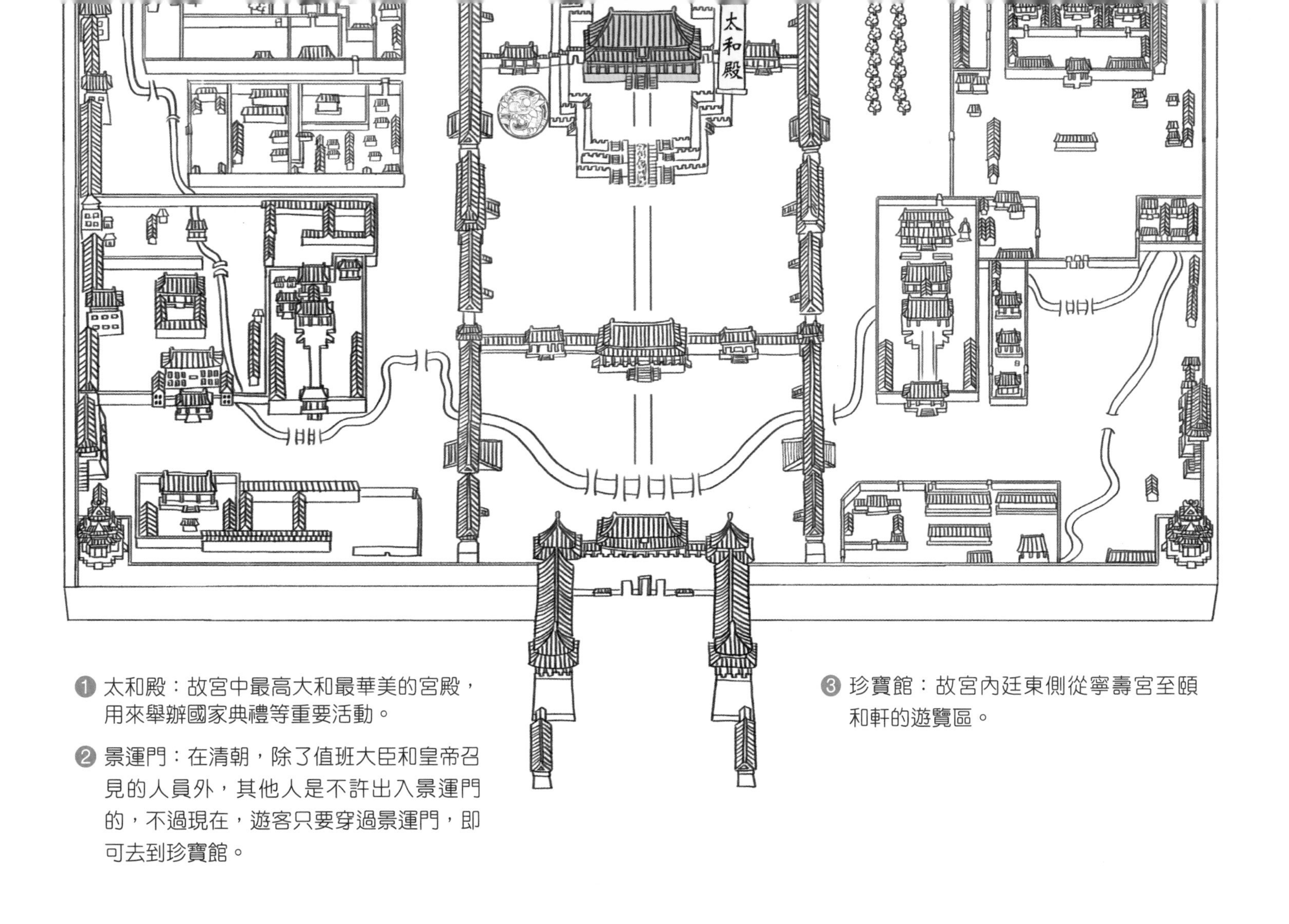

❶ 太和殿：故宮中最高大和最華美的宮殿，用來舉辦國家典禮等重要活動。

❷ 景運門：在清朝，除了值班大臣和皇帝召見的人員外，其他人是不許出入景運門的，不過現在，遊客只要穿過景運門，即可去到珍寶館。

❸ 珍寶館：故宮內廷東側從寧壽宮至頤和軒的遊覽區。

作者的話

常　怡

說到螭，還真讓人有點兒難以琢磨。牠像龍，但是頭上沒有犄角，嘴大、肚皮大，肚子裏能裝很多水。一般長成這樣的怪獸都是出自大海，但《說文解字》裏卻說牠是「地螻」，是一種大蟲子，只是長得像龍而已。

和喜歡寬闊大海的怪獸們不同，螭偏偏喜歡狹窄、彎曲的河曲。傳說每條河道的拐彎處，都有一隻螭在翻身。牠會推開積攢已久的沙石，疏通河道，防止河水氾濫。正是因為這種奇特的愛好，讓螭成為了守護宮殿下水道的神獸，也讓故宮裏有了「千螭吐水」的奇景。

繪者的話

北京小天下時代文化有限責任公司

創作這冊繪本的時候，我們從螭的身上彷彿看到了自己的影子。是呀，給小讀者們講述有趣的故事，不就像螭在給胖桔子講故事一樣嗎？於是我們帶着畫出自己故事的心情，努力把螭的傳說畫得美麗、生動、有趣，希望看書的你能滿意。

我相信大部分小讀者在讀到這篇故事之前，一定不知道原來螭是一個山神，畢竟牠現在的工作和牠原來山神的身份差異有點兒大。不過這在生活中確實是一個很常見的現象，並不是所有人都能一直根據自己原本的專業去做事，只要能發揮自己的能力，在哪裏都能發光發熱。

你可以問問自己身邊的人，他們是不是也這樣呢？

朝天吼
嘲風
螭
麒麟
玄鶴

吻獸
角端
霸下
天鹿
椒圖